Sylvia FLORIANE

Koko and Baloo the naughty dog
Koko et Baloo le méchant chien

Bilingual English/French
Version bilingue - Anglais/Français

Translation & illustrations by the author
Traduction & illustrations par l'auteur

Editeur : BoD – Books on Demand

By the same author/Du même auteur

Koko the sparrow and friends 2006
Koko spreads his wings 2008
Koko et George Sand 2009
Koko and Father Christmas 2009
Koko and the Queen of England 2010
Koko le moineau 80 jours autour du monde 2011
Koko the sparrow 80 days around the world 2012
Demain si c'était vous 2012
Mister Pip's holiday in Cannes 2013
The next door neighbour 2014
Koko and Mino 2015
The encounter/La rencontre 2016
Koko discovers the Island of Jersey 2017
Koko and Tom in Zululand 2019

Sylvia FLORIANE

Koko and Baloo the naughty dog
Koko et Baloo le méchant chien

Bilingual / Bilingue – English/French

Editeur : BoD-Books on Demand,
12/14, rond-point des Champs Elysées, 75008 Paris, France
Tél. : + 33(0) 1 53 53 14 89
Impression : BoD-Books on Demand, Norderstedt.
Allemagne
ISBN : *9782322146345*
Dépot légal : Septembre 2019

Koko and Baloo the naughty dog is a story in English and French. Children will discover everyday words in two languages at the same time. The usage of simple language will help improvement little by little.

__Koko et Baloo le méchant chien__ est un livre en anglais et français. Les enfants pourront découvrir les deux langues en même temps dans un vocabulaire simple qui leur permettra de progresser petit à petit.

Chapters

Koko and Baloo the naughty dog

1.

Koko is a cute little bird.

He lives in Paris on a beautiful tree near the Eiffel Tower.

He likes to sing a song early in the morning.

He is afraid of dogs because they are bigger than him.

One day he meets Baloo the big naughty dog.

Koko is a cute little bird

2.

Baloo is a big naughty dog.
He is not afraid of birds.
He likes to bark at them.
He likes to chase them.
He likes to be the master.
He knows they are afraid of him.

One day he meets Koko in the garden.

Baloo is a big naughty dog

3.

Baloo has not had his breakfast yet.

He looks up to the tree and sees a tiny bird.

He thinks he could have him for breakfast.

Koko is not suspicious of him and sings happily.

Baloo does not seem dangerous to him because he does not bark and he is playing with his ball.

So, why should Koko be afraid of Baloo?

Baloo is playing with his ball

4.

Every day Mrs Brown comes to bring some bread to the birds.

Koko knows Mrs Brown because when she comes he knows it's time for his breakfast.

He hops and sings joyfully.
His empty stomach gurgles.
He waits for his daily bread.

Mrs Brown comes to bring bread to the birds

5.

Mrs Brown sits down and opens a little bag full of crumbs.

She loves sparrows because they are small and cute.

She does not like pigeons because they are big and greedy.

Koko is a small sparrow.

She likes him.

She knows him because he has a little blue ribbon on his right foot.

Mrs Brown does not like pigeons

6.

One day a nasty boy had caught Koko and put him in a cage, and then the boy fastened Koko's right foot to the cage with a small blue ribbon.

Fortunately someone opened the cage to let him out.

Then Koko flew freely away but with a small blue ribbon tied to his leg.

Now Koko is very afraid of little boys or little girls.

He stays away from children.

A nasty boy put him in a cage

7.

Mrs Brown throws some crumbs around her feet.

Koko pecks them very quickly.

'Hello little sparrow how are you today?' she asks him.

Koko answers by squawking joyfully.

'Have some more bread' she says before throwing more crumbs gently to him.

Mrs Brown throws some crumbs

8.

Baloo runs after Koko to chase him.

'Hello Baloo you are a nasty dog today' says Mrs Brown unhappily.

But Baloo barks fiercely running after Koko.

Koko flies up to a tree to be safe.

'It is not my day to have a good breakfast today' chirps Koko sadly with his almost empty stomach.

Koko flies up to a tree to be safe

9.

Baloo sits under the tree like a watchdog waiting for a prey.

Koko doesn't move.

He feels in danger from this naughty dog looking up at him.

What can he do? Except to wait and wait until this nasty dog goes away?

Baloo sits fiercely under the tree

10.

Mrs Brown sees the game that Baloo is playing.

She looks cheerfully at Koko, and she calls Baloo.

But Baloo doesn't move.

He stays there, under the tree showing his fierce teeth. He is so proud of himself to be the master of the situation.

He doesn't like birds of any kind. But he likes to eat them for breakfast.

And today he has a prey.

He has this little sparrow right over there on top of the tree.

Mrs Brown calls Baloo he doesn't move

11.

Mrs Brown goes away taking with her the crumbs of bread.

That means no more breakfast for Koko and he is sad.

Yesterday night there was a full moon and he saw a strange thing in the sky.

He thought it was a bad sign.

So, today for sure it is not going to be a good day for him.

Yesterday night there was a full moon

12.

A few minutes later Mrs Brown comes back and sits on the bench.

She waits for Koko with some more crumbs in her little bag.

Baloo looks up on top of the tree to be sure that Koko is still there.

He barks at him and shows him his big teeth.

Mrs Brown comes back to sit on the bench

13.

But Koko bravely flies down to have his breakfast.

He swallows a few crumbs quickly.

Baloo dashes to Koko and grabs him by his small blue ribbon.

Fortunately Koko escapes leaving his small blue ribbon in Baloo's mouth.

Koko flies up to a tree to be safe again.

Baloo grabs Koko by his blue ribbon

14.

'Baloo why are you so nasty today' says Mrs Brown. Baloo looks at her proudly with the small blue ribbon in his mouth.

'He is only a little sparrow and he needs some food' she says.

'But I also I need to eat and why not a small sparrow', Baloo answers proudly and the blue ribbon falls down to the ground.

'Don't be so mean'.

'I am not mean. I just want to have a sparrow for breakfast. That is all' Baloo barks fiercely.

'I can't bare it' she says sadly before going away with the leftover bread.

The blue ribbon falls down to the ground

15.

From the top of the tree Koko looks at the crumbs of bread at the foot of the bench.

A flight of pigeons falls on the crumbs and pecks some.

Baloo sees them and rushes to the pigeons and fiercely chases them.

Now that Baloo is chasing the pigeons Koko just has to fly down to finish his daily breakfast.

Baloo is chasing the pigeons

16.

Koko pecks some crumbs of bread and hops happily with the carelessness of his little sparrow's brain and forgot about Baloo.

Baloo rushes back and catches Koko by the tail.

Koko flies away but with a feather less to his tail.

'That's what happens to those who are too greedy,' Baloo barks proudly.

'I am not greedy, I am just hungry' answers Koko.

Baloo catches Koko by the tail

17.

Mrs. Brown comes back to sit on the bench and at her feet she sees Koko's blue ribbon and the feather of his tail that he has lost. Koko perched on the tree looks at her, squawking sadly.

'You must be on guard and never careless or be too greedy because it is an ugly fault that must be cured if you do not want to loose more feathers' advises Mrs. Brown.

'But don't worry little sparrow your feather will quickly grow back again but it must serve as a lesson' she adds before going away.

She sees Koko's blue ribbon and the feather

18.

Koko watches Mrs. Brown going away and he knows that tomorrow she will come back with some more bread.

He also sees Baloo going away to return to his mistress who had left him too long in complete freedom.

And Koko feels safe.

Koko watches Mrs Brown going away

19.

The next day Koko perches on the top of a pretty car.

He waits singing happily for Mrs Brown.

But the car suddenly starts.

Koko falls down into the street and bumps onto the pavement.

Then he discovers that he has lost more feathers on his tail.

Koko perches on the top of a pretty car

20.

Koko sees Mrs Brown.

She is sitting on the bench with some bread in her hand.

Koko rushes and chirps joyfully at her feet.

'What has happened to your tail?'She asks him.

'I have lost more feathers,' he squawks sadly.

'You must be more careful little sparrow if not you will have no tail at all.'

'I will try,' he squawks before eating some crumbs.

What has happened to your tail?

21.

Baloo sees Koko eating and he rushes after him.

He catches him by his tail.

Koko loses all the feathers on his tail before flying away to perch on the top of the tree.

'Baloo you are a very naughty dog,' says Mrs Brown sadly.

'One day or another I'll swallow him for breakfast,' Baloo barks slyly.

'It is not very nice of you. Will you please leave this little sparrow alone, look how ugly he is now without a tail,' she says looking at Koko pitifully.

Baloo catches him by his tail

22.

Baloo sits under the tree showing his fierce teeth to Koko.

'Poor little Koko, you have not learned the lesson. I don't want to see you without a tail' said Mrs. Brown before going away.

And the next day she did not come back.

I don't want to see you without a tail

51

23.

Baloo is called by his mistress.

Koko leaves the tree. And tomorrow, he will not come back for his breakfast anymore.

He is so ashamed to be without a tail that he will hide in the forest for several months before becoming a pretty little sparrow again.

I should have learned the lesson, next time I'll do it, he thought, sighing sadly.

Baloo is called by his mistress

24

Koko with his little sparrow brain has finally learned the lesson but he has lost his tail.

Fortunately, a few months later, he has a new beautiful tail, and he will be able now to sing again happily at the top of the tree.

Koko has a new beautiful tail

25.

Tomorrow Koko will come back to peck some crumbs of bread but this time he will be more careful of the naughty dogs.

Because he has now understood that a small sparrow once warned is twice as careful.

THE END

Koko will be more careful of the dogs

Koko et Baloo le méchant chien

Koko et Baloo le méchant chien

1.

Koko est un mignon petit oiseau.

Il vit à Paris sur un bel arbre près de la Tour Eiffel.

Il aime chanter une chanson tôt le matin.

Il a peur des chiens parce qu'ils sont plus gros que lui.

Un jour, il rencontre Baloo le gros méchant chien.

2.

Baloo est un gros méchant chien.

Il n'a pas peur des oiseaux.

Il aime aboyer après eux.

Il aime les chasser.

Il aime être le maître.

Il sait qu'ils ont peur de lui.

Un jour, il rencontre Koko dans le jardin.

3.

Baloo n'a pas encore pris son petit déjeuner.

Il regarde sur l'arbre et il voit un petit oiseau.

Il pense qu'il peut en faire son petit déjeuner.

Koko ne se méfie pas de lui et il chante gaiement.

Baloo ne semble pas dangereux pour lui car il n'aboie pas et il joue avec sa balle.

Alors, pourquoi Koko devrait-il avoir peur de Baloo?

4.

Chaque jour, Mme Brown vient apporter du pain aux oiseaux.

Koko connaît bien Mme Brown car lorsqu'elle arrive il sait qu'il est temps pour lui de prendre son petit déjeuner.

Il sautille et chante joyeusement. Son estomac vide gargouille.

Il attend son pain quotidien.

5.

Mme Brown s'assoit et ouvre un petit sac rempli de miettes.

Elle aime les moineaux parce qu'ils sont petits et adorables.

Elle n'aime pas les pigeons parce qu'ils sont gros et gourmands.

Koko est un petit moineau.

Elle l'aime bien.

Elle le reconnaît avec son petit ruban bleu à la patte droite.

6.

Un jour un vilain garçon attrapa Koko et l'enferma dans une cage avant de lui attacher la patte droite à la cage avec un petit ruban bleu.

Heureusement, quelqu'un ouvrit la cage pour laisser sortir Koko qui s'est envolé librement mais avec un petit ruban bleu noué à sa patte.

Maintenant Koko a très peur des petits garçons et des petites filles.

Il reste loin des enfants.

7.

Mme Brown jette des miettes à ses pieds.

Koko très vite s'empresse d'en picorer.

- Bonjour petit moineau, comment vas-tu aujourd'hui? Lui demande-t-elle.

Koko lui répond en piaillant joyeusement.

- Voila encore du pain, dit-elle avant de lui lancer gentiment plus de miettes.

8,

Baloo se précipite sur Koko pour le chasser.

- Bonjour Baloo, tu es un méchant chien aujourd'hui, lui dit tristement Mme Brown.

Mais Baloo aboie férocement après Koko.

Koko s'envole sur un arbre pour être en toute sécurité.

- Ce n'est pas mon jour pour avoir un bon petit déjeuner, piaille tristement Koko, avec son estomac presque vide.

9.

Baloo s'assied sous l'arbre comme un chien de garde qui attend une proie.

Koko ne bouge pas.

Il semble en danger avec ce méchant chien qui le fixe.

Que peut-il faire? Sauf attendre, et encore attendre, que ce vilain chien s'en aille ?

10.

Mme Brown voit à quel jeu Baloo joue.

Elle regarde Koko chaleureusement et elle appelle Baloo.

Mais Baloo ne bouge pas. Il reste là sous l'arbre, montrant ses féroces dents car il est très fier d'être le maître de la situation.

Il n'aime pas les oiseaux. Mais il aimerait bien en manger un au petit déjeuner.

Et aujourd'hui, il a une proie avec ce petit moineau juste là au sommet de l'arbre.

11.

Mme Brown part en emportant avec elle les miettes de pain. Cela veut dire plus de petit déjeuner pour Koko qui est bien triste.

Hier soir c'était la pleine lune et il a vu une chose étrange dans le ciel.

Il pense que c'est un mauvais signe pour lui.

Donc aujourd'hui, c'est sûr que ce ne sera pas une bonne journée.

12.

Quelques minutes plus tard, Mme Brown revient et prend place sur le banc.

Elle attend Koko avec encore des miettes dans son petit sac.

Baloo lève les yeux au sommet de l'arbre pour s'assurer que Koko est toujours bien là.

Il aboie et lui montre ses grandes dents.

13.

Mais Koko descend bravement pour prendre son petit déjeuner. Il avale rapidement quelques miettes.

Baloo se précipite sur Koko et l'attrape par son petit ruban bleu.

Heureusement, Koko s'échappe en laissant son petit ruban bleu dans la gueule de Baloo.

Koko vole jusqu'au sommet de l'arbre pour être de nouveau en toute sécurité.

14.

- Baloo, pourquoi es-tu si méchant aujourd'hui ? Lui dit Mme Brown.

Baloo la regarde fièrement en tenant le petit ruban bleu dans sa gueule.

- Ce n'est qu'un petit moineau et il a besoin de manger, lui dit-elle.

- Mais moi aussi j'ai besoin de manger et pourquoi pas un petit moineau, répond fièrement Baloo mais en laissant tomber le petit ruban bleu de sa gueule.

- Ne sois pas si méchant.

- Je ne suis pas méchant. Je veux juste avoir un moineau pour mon petit déjeuner, c'est tout, aboie-t-il méchamment.

- Je ne veux pas voir ça, dit Mme Brown avant de s'éloigner en emportant avec elle le reste du pain.

15.

Du haut de l'arbre Koko regarde tristement les miettes de pain au pied du banc. Une nuée de pigeons s'abat sur les miettes pour les picorer.

Baloo se précipite sur les pigeons qu'il poursuit férocement.

Maintenant que Baloo est en train de chasser les pigeons Koko peut revenir picorer les miettes pour finir son petit déjeuner.

16.

Koko picore et sautille joyeusement avec l'insouciance de sa petite cervelle de moineau et il ne pense plus à Baloo.

Mais Baloo revient au galop et chope Koko par la queue.

Koko s'envole mais avec une plume en moins.

- C'est ce qui arrive à ceux qui sont trop gourmands, aboie fièrement Baloo.

- Je ne suis pas gourmand, j'ai juste faim, répond Koko.

17.

Mme Brown revient s'asseoir sur le banc et à ses pieds elle voit le petit ruban bleu de Koko et la plume de sa queue qu'il vient de perdre.

Koko perché sur l'arbre la regarde en piaillant tristement.

- Il ne faut jamais être trop gourmand, la gourmandise est un vilain défaut dont il faut se guérir si l'on ne veut pas y laisser des plumes, lui dit Mme Brown.

- Mais ne t'inquiète pas petit moineau ta plume va vite repousser mais cela doit te servir de leçon, ajoute-t-elle avant de partir.

18.

Koko regarde Mme Brown s'en aller et il sait que demain elle reviendra avec du pain.

Il voit aussi Baloo s'en aller pour rejoindre sa maîtresse qui l'a laissé trop longtemps en toute liberté.

Et enfin Koko se sent en sécurité.

19

Le lendemain Koko se perche au sommet d'une belle voiture.

Il attend Mme Brown en chantant joyeusement.

Mais la voiture démarre brutalement.

Koko tombe sur la rue et heurte le trottoir.

Il s'aperçoit alors qu'il vient encore de perdre plus de plumes.

20

Koko voit Mme Brown, elle est assise sur le banc avec du pain dans sa main.

Koko se précipite et pépie joyeusement à ses pieds.

- Que s'est-il passé ? Lui demande-t-elle.

- J'ai encore perdu des plumes, piailla-t-il tristement.

- Tu dois être plus prudent petit moineau sinon tu n'auras plus de queue du tout.

- Je vais essayer, piailla-t-il avant de picorer quelques miettes.

21

Baloo voit Koko en train de picorer et il se précipite sur lui.

Il l'attrape par la queue.

Koko perd toutes les plumes de sa queue avant de s'envoler pour se percher au sommet de l'arbre.

- Baloo, tu es un méchant chien, dit tristement Mme Brown.

- Un jour ou l'autre je l'avalerai pour mon petit déjeuner, aboie Baloo sournoisement.

- Ce n'est pas très gentil de ta part. Veux tu s'il te plaît laisser ce petit moineau tranquille. Regarde comme il

est laid maintenant sans queue, dit-elle
en regardant Koko tristement.

22

Baloo s'assoit sous l'arbre montrant
à Koko ses féroces dents.

- Pauvre petit Koko, tu n'as donc pas
appris la leçon. Je ne veux plus te voir
sans queue, dit Mme Brown avant de
partir.

Et le lendemain elle n'est pas
revenue.

23

Baloo est appelé par sa maîtresse.

Koko quitte l'arbre, et demain il ne
reviendra pas pour son petit déjeuner.

Il a tellement honte d'être sans queue
qu'il va se cacher dans la forêt pendant
plusieurs mois avant de redevenir un
joli petit moineau.

J'aurais dû apprendre la leçon. La
prochaine fois je le ferai, se dit-il en
soupirant tristement

24.

Koko avec sa petite cervelle de moineau a finalement appris la leçon mais en y laissant sa queue.

Heureusement, quelques mois plus tard, il revient avec une jolie queue et il peut enfin chanter gaiement au sommet de l'arbre.

25

Koko reviendra pour picorer des miettes de pain, mais cette fois-ci il fera bien attention aux méchants chiens.

Parce que maintenant il a bien compris qu'un petit moineau averti en vaut bien deux.

FIN

Koko is a cute little bird. He lives in Paris on a tree near the Eiffel Tower.

Baloo is a big bad dog. He looks up at the tree and sees this little sparrow. He thinks he can swallow him for his breakfast.

Every day Mrs. Brown brings bread to Koko who must be very brave to face the danger with this big bad dog who looks up at him and shows his big teeth?

Koko est un mignon petit oiseau. Il vit à Paris sur un arbre près de la tour Eiffel.

Baloo est un gros chien méchant. Il lève les yeux vers l'arbre et voit ce petit moineau. Il pense pouvoir l'avaler pour son petit déjeuner.

Chaque jour Mme Brown apporte du pain à Koko qui doit être très courageux pour faire face au danger avec ce gros méchant chien qui le regarde en lui montrant ses grandes dents?

Editeur:BoD-Books on Demand,
12/14, rond-point des Champs-Elysées, 75008 Paris, France
Tél. : + 33(0) 1 53 53 14 89
Impression: BoD - Books on Demand, Norderstedt. Allemagne
ISBN : *9782322146345*
Dépot légal : Septembre 2019